衛斯理系列 少年版 16

密碼

作者：衛斯理
文字整理：耿啟文
繪畫：鄺志德

衛斯理
親自演繹衛斯理

老少咸宜的新作

寫了幾十年的小說，從來沒想過讀者的年齡層，直到出版社提出可以有少年版，才猛然省起，讀者年齡不同，對文字的理解和接受能力，也有所不同，確然可以將少年作特定對象而寫作。然本人年邁力衰，且不是所長，就由出版社籌劃。經蘇惠良老總精心處理，少年版面世。讀畢，大是嘆服，豈止少年，直頭老少咸宜，舊文新生，妙不可言，樂為之序。

倪匡　2018.10.11　香港

目
錄

主要登場角色

班登

白素

齊白

情報局局長

衛斯理

溫寶裕

良辰美景

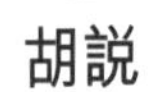

胡説

第十一章

某年某月某日某城某處發生的故事

以下就是盜墓專家齊白告訴我們的故事。

某年某月某日，某城市某處是一幢十分巍峨輝煌的巨宅，純中國式，古色古香，已經有超過五百年的歷史。過去大宅的主人全是顯赫一時的人物，如今大宅的輝煌雖然已大不如前，棟樑上的彩繪褪色，牆上的白粉剝落，有多處磚牆倒塌，荷花池乾枯了，大堂上的一塊大匾也**黯然無光**，裂成了好幾片；但大宅的整個結構氣圍，還是十分懾人，而且它現在的主人，也是一名大官，是此地的國家情報局局長，權勢甚大，**炙手可熱**。

這位情報局長五十出頭，選擇這所巨宅作住所，表面上是因為這巨宅的氣派，與他如今的身分地位相稱，但背後其實有着一個特別的原因。

他是本地人，當官也一直沒離開過這座城市，所以對這裏的歷史十分熟悉，自小就有一個**十分秘密的願望**，要進入這所巨宅。

這願望他從來也沒和人提起過，而使他有這個願望的，是一個年紀老得看起來實在無法再老的**老頭子**。

時間又得向前推若干年，那時他只有十一歲，在念中學，從家裏到學校的路相當遠，家境又不好，只能走路，那所巨宅旁邊的小巷，就是他少年時每天至少經過兩次的地方。

小巷子是在巨宅之中硬開出來的，十分奇特，所以巷子兩旁都是巨宅的高牆。少年經常可以看到，有一個老得不可以再老的老人，用極緩慢的步調，在巷子中踱步，從巷子的一頭，踱到另一頭，然後轉身又踱回來。

這個老人據說已過了九十歲，滿面皺紋，手伸出來，在褐色的皺摺下，好像有許多條蚯蚓在蠕動。本來，少年也沒有什麼機會留意到那老人的手，但那天，他在老人的身邊匆匆經過，那老人忽然伸手把他攔住，嚇了他一跳。老人的嘴都扁了，口中只怕一顆牙齒都沒有，說話含糊不清，可是他還是起勁地說着：「好好念書，念出個狀元來，住進這大宅去。」

他眨着眼，不知道是什麼意思。老人向他湊過來，呼呼地噴着一股霉壞的氣息說：「這大宅，你知道有誰住過？」

大宅在城中那麼出名，少年自然聽聞過，立時說了出來。老人忽然長嘆了一聲，喃喃道：「我雖然沒見到，但我相信那個人所說的。」

少年聽得一頭霧水，問：「那個人是誰，他說了什麼？」

老人說：「那個人，是他把我養大的。」

少年不禁吃了一驚，眼前這個老人已是老得不能再老了，那麼養大他的人，會老到什麼模樣？

老人明白少年在想什麼，嘆息道：「那人早已死了，他一直告訴我，他進入過這大宅，知道大宅的一處地方，藏着驚人的財寶。」

少年忍不住喝了一下倒采，這大宅藏有財寶，是這個城市**人人皆知**的傳説，而且每個人至少聽過一百個不同的版本。

有的説花園裏整座假山都是金子打的，也有的説大宅的柱子都是空心的，裏面藏着龍眼大小的珍珠和各種各樣的**翡翠寶石**，諸如此類，有關這所大宅的藏寶傳説，不計其數，大家從小就聽慣了。這所大宅之所以會有那麼多藏寶傳説，是因為相傳它曾經是某個掠奪了大半壁江山的首領的府邸。

不過，經過了那麼多年，巨宅已**換了幾十遍主人**，他們都聽過藏寶的傳説，將巨宅徹底搜查過。在經歷了數十次類似的搜查之後，大抵在什麼角落處藏着一枚繡花針，也早被找出來了，所以人們對藏寶的傳説也漸漸**失去興趣**。

少年一面喝着倒采，一面揮着手想離去，但那老人卻把滿是皺紋的臉湊了過來，「他不但進過這大宅子，而且經手藏過寶物，那些經手藏寶的人，全都被——」

老人說到這裏，昏黃的眼珠閃爍着一種妖異的神采，作了一個**砍頭的手勢**，在脖子上劃過，嚇得少年全身發軟。

老人盯着他說：「將財寶藏起來的人，當夜全被拉出去砍頭，但他耍了點**小聰明**，僥倖逃脫，撿回一條命。」

老人一口氣講到這裏，口角積聚着涎沫，胸口起伏着，看起來像一隻不斷在發聲的**癩蛤蟆**，接着又說：「後來，他在臨死的時候，把藏寶的秘密告訴了我。他說，不知道這個秘密，是絕對找不到最珍貴的寶藏的。他過世後，我就成為**世上唯一知道寶物藏在哪裏的人**了。」

少年吞了一下口水，疑惑地問：「老爺子，你既然知道，為什麼不去把財寶弄出來？」

老人早知道少年會有此一問，長嘆了一聲，愁苦地說：「小伙子，你以為什麼人都能擁有財寶嗎？寶藏的主人是誰，你也不是不知道，所有財寶都是他從各處搶掠回來的，當時甚至大半壁**江山**已經歸他所有了，可是結果又怎樣？像我這種命，莫說根本沒機會踏入這大宅，就算讓我千方百計得到了那些財寶，恐怕也只會惹禍上身，落得**更悲慘的下場**。」

少年不太相信這種命理之說，翻着眼問：「那你知道了秘密又有什麼用？」

老人點着頭，「是啊，我知道了秘密之後，一直睡不安穩，明知道寶藏在那裏，卻又**無福消受**，想對人說，但是又找不到適合的人傾訴。你要知道，福薄的人，我若告訴他，反害了他啊。」

本來不太相信命理的少年，也有點心動了，連忙問：「那麼……你是說……我福夠厚？」

那時恰好是**夕陽西下**的時分，金黃色的夕陽餘暉照進巷子，老人伸手抓住少年的手腕，走到巷子口，抬起少年的下顎，迎着夕陽。老人口中喃喃自語，說了一些什麼「天庭太窄，少年運自然差些，可是……**仕途得意**，**一帆風順**……真算是找到人了」之類的話。

「到底怎麼樣？」少年心急地問。

老人指着高牆說：「有朝一日，**你會成為這大宅的主人**。」

少年一聽，**哈哈大笑**起來，雖然不大相信老人的預測，但聽了也是高興的。

但老人卻十分嚴肅認真地説：「寶藏就在大宅裏面，除非知道秘密，否則怎麼找也找不到。而我會在臨死之前將秘密告訴你。」

老人手指勾了幾下，示意少年靠近來。少年感到奇怪，但也照做。老人在少年的耳邊呵出**難聞的熱氣**，斷斷續續地説了幾句話——有關巨宅中蘊藏着財富的秘密。

老人説完喘着氣，退了幾步，又退進了巷子中，背靠着高牆站定。少年心跳得十分劇烈，他終於明白老人的舉動了，老人此刻把秘密告訴他，是因為現在**正是老人臨死的一刻**。

第十二章

老人說出了心中的秘密後，身子就靠着牆，慢慢向下滑去，直到倒地，再**也不動了**。斜陽映在老人凝止不動的眼珠上，反射出奇詭可怕的金黃色光芒。

少年沒見過死人，害怕得連退了幾步，背脊重重撞在高牆上，然後如夢初醒似地發出了一下叫喊聲，**疾奔**了出去。

沒有人知道局長少年時有過這樣一段經歷，自此以後，他經常做同一個夢，夢見自己在**金山銀山**之中，無比的光輝燦爛。

歲月如流，經過了炮火連天、屍橫遍野的戰爭，也經過了樂聲悠揚、社會急速發展的變遷，那老人的話居然漸漸實現了，少年長大後官運亨通、飛黃騰達，也漸漸對老人所說過的話**深信不疑**。如今他成為了尊貴的情報局局長，官位大得足夠使他住進這所巨宅，可以實現他多年來的夢想了。

他十分沉得住氣，這是他辦事的原則，沒有百分百把握的事，他不會做。他**處心積慮**地作準備，已經策劃好，一旦發現了巨宅中的寶藏，會在二十四小時之內，利用他的職權，**神不知鬼不覺**地帶着寶藏離開，以極秘密的方式到達一處他最嚮往的地方，在那裏開展新生活，過着**自由自在**，神仙般快活的日子。

一切都準備好了，那是他搬進這巨宅後第二個月，那天晚上他帶了一些簡單的工具，走到荒蕪了的花園，經過那個乾涸了的大池，來到一株大柳樹的旁邊。柳樹十分大，姿態極其怪異，樹幹粗大得三個人也抱不過來，夏天的時候，柳枝披拂，足以為幾十人遮蔭。

深秋時分，月色清涼，光禿的柳枝仍然在隨風擺動，局長站在大柳樹前面，深深地吸了一口氣，耳際又響起當年那老人貼着他耳朵所講的話：「所有的奇珍異寶，都埋藏在極深的地下，只有一條通道可以下去，那通道的入口，在一株活的大柳樹的中心。柳樹被移植過來，壓住通道入口時，樹心已被挖空，但仍然可以活下去，一樣可以長得很好。誰會想到，寶藏的入口，要由大樹中心通下去呢？」

既然樹幹的中心已被挖空，外層應該不會很厚，局長帶來的利斧和利鋸，不必花多久，就可以砍破樹幹外層，看到內裏的空心部分。而只要在樹幹表面砍出一個足以供他鑽進去的洞時，他就可以通往藏寶的所在了。

興奮感覺使他的體力發揮到淋漓盡致，每一斧砍下去，發出激盪人心的聲音。他為自己的幸運而感到欣喜，如果不是在這個官位上，即使官位再高，也無法利用職權把大量財寶運出去，他自己也難以脱身；但現在一切天時地利人和都配合得妙到毫巔，寶藏好像是為他而設一樣。

當晚，他一直砍到了深夜，在砍入了約莫三十公分時，他用電筒一照，看見樹幹中果然是空心的！

他繼續把缺口砍大一些，直到他的手可以伸進那個洞去為止。

然後，他用雜草和樹枝將缺口遮蓋起來，準備明晚再繼續。

一連六天，到了第七天晚上，他已經在樹幹上弄出了一個足以供他鑽進去的洞，猶如在樹幹上鑿開了一道門。他上半身先探進去，用電筒照照看，發現底下相當深，像通向地獄一樣。他本來還擔心樹根盤結，會把原來留下的通道堵塞住；但當年的設計者真是天才，以寬大的鐵管接通樹幹中心，而鐵管的一邊還懸着粗大的鐵鏈，供人攀緣而下。

他心跳得劇烈無比，吸了一口氣，便從那洞

中鑽了進去，把電筒裝在安全帽上，沿着鐵鏈爬下去。鐵鏈比大腿還要粗，一環扣着一環，一直垂向下，不知道有多深。

局長一直沿鐵鏈往下移，至少下落了五十公尺才到盡頭，而這條圓管通道約莫有一公尺寬的直徑。

到達底部後，他放開了鐵鏈，腳踏實地，發現**四周什麼也沒有**，只是身在一個空蕩蕩的鐵管之中。

一定另外還有出路的！他對自己說，而且變得瘋狂起來，在鐵管中亂撞亂跳，但不論他撞向任何方向，發出的聲音都是那麼結實，證明鐵管之外，就是泥土，不會再有別的出路，也就是說，**沒有寶藏**。

他在管子底部坐了下來，**眼淚**不由自主地湧出，多少年來的美夢，在以為一定可以實現時，**卻幻滅了！**

在接下來的日子中，他用盡了方法，可是鐵管看來只是

鐵管，除了有一根粗大的鐵鏈之外，什麼也沒有，也沒有其他通道。

他漸漸**死心**了，只好如常地工作。他日常工作十分繁忙，包括出席各種酒會，會見外國來賓。

有一次，在某個酒會上，忽然有人來到了他的身後，壓低了聲音說：「局長先生，雖然你找到了入口，可是好像並

沒有發現寶藏，**這真太惱人了**。」

他頓時大吃一驚，甚至沒有膽量回過頭去看，整個人像是浸在冰水之中僵住了，全身冒着冷汗。

那聽來有點**陰惻惻**的聲音，又在他的背後響起：「局長先生，你臉色太難看了，**抹抹汗**，其實事情還未到完全絕望的地步。」

局長看到有一方手帕遞來，他接過手帕，在臉上用力抹着，同時，身子**僵硬**地轉過身去，看到了那個在他背後說話、洞察他內心深處藏了幾十年秘密的那個人。

他認出此人，是剛才會見的外賓代表團成員之一，高而瘦，樣子有點陰森，雙目炯炯。局長有點手足無措，不知道該說什麼才好。

那人笑了一下，說：「局長先生，我們必須詳談一下，你說是不是？」

局長也想知道對方葫蘆裏賣什麼藥，於是點頭同意。

那人又向前指了一指：「我還有一位**同伴**。」

局長望過去，看到一個身形相當高大的西方人，含蓄地打了一個手勢，局長認出他也是那個代表團的成員之一。

於是，當晚十時，就在那巨宅的荒蕪花園裏，那棵老柳樹的旁邊，**三個人聚在一起**。這次相聚可說是世上最奇怪的一次聚會，因為三個人的身分天差地別，風馬牛不相及，他們分別是：

巨宅主人——此地的情報局局長。

齊白——公認的盜墓專家。

班登——本來是醫生，現在是歷史學家。

第十三章

盜墓天才

「局長先生，我敢保證，此事必須我們三個人**合作**，才能水到渠成。而且坦白説，只要成功把那寶藏找出來，其價值之驚人，莫説三個人分，就算是三十個人分，也沒有多大分別。對不對？」齊白一面説話，一面玩弄着一塊小礦石一樣的鑰匙扣，別説局長，就連班登也不知道，那塊小礦石曾是一件「**異寶**」。

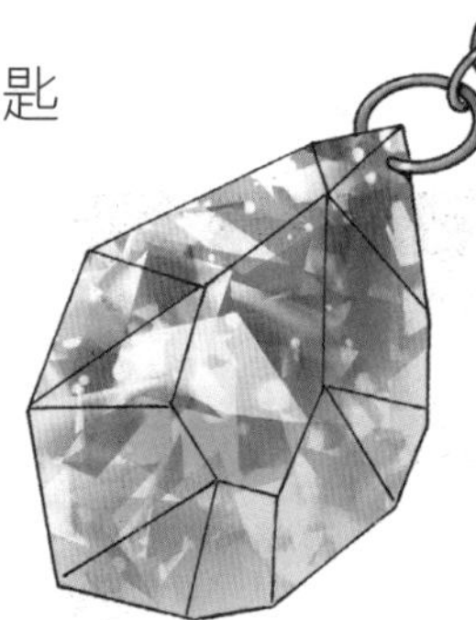

事到如今，局長也只能點頭認同。而班登已經拉開了遮住樹洞的雜草，讚嘆道：「多麼巧妙的設計，誰能想得到，在一棵活的大樹之內，有着通道。」

齊白的話最多，他又用那天生陰沉的聲音說：「我是**盜墓專家**，對各種各樣的秘道和秘密出入口，都有極深刻的研究。可是老實說，大樹中間是入口處，我確實**怎麼想也想不到**，局長先生，你是怎麼找到它的？」

「是一個老人告訴我的。」於是，局長就說了他和那個老人之間的故事。

説完後，局長也不浪費時間了，用**手電筒**照射着樹幹上的大洞，「我一直找不到那寶藏，估計當年告訴我秘密的老人，也只知其一，不知其二。兩位可要下去看看？」

班登連連點頭，用**流利的中國話**説：「請放心，再配合我所掌握的資料，那就完整了。我們開始吧。」

於是，三個人順序下去，一直到了管子的底部。局長疑惑地問：「班登先生，你是西方人，怎麼會有這裏的藏寶資料？」

班登聳了聳肩説：「百多年前的大動亂，有不少西方人參與其事，有的頗受禮遇，也有的混水摸魚，弄走了不少寶物。而我的**遠祖**就是這樣的一個人，我在幾年前，偶然發現了他留下的一些資料⋯⋯那些資料，改變了我的一生。」

此時他們三人正擠在直徑一公尺的圓管子底部，齊白說：「資料中提到的管子就是這裏了。」

「是。」班登點頭確認，又望向局長，態度十分誠懇，「可是資料上沒有說如何才能進入這圓管，要不是有那位老人告訴了你，只怕再過幾百年，也不會有人發現。」

局長已經心急如焚，「可是我在這裏檢查了許多遍，卻沒發現寶藏，會不會寶藏早已被人拿去了？」

「別急。」班登胸有成竹地笑了笑。

只見齊白正忙碌地工作着，他手上的工具相當小巧，奇形怪狀，卻好像用途極廣，能隨着他手指的靈活操作，變出許多花樣來。

由於空間狹窄，齊白工作時，局長和班登都攀上了鐵鏈，騰出空間來，讓齊白可以蹲下身子來活動，用工具中的小錘子不斷地敲着底部。

齊白一邊敲，一邊側耳傾聽。局長自己也做過同樣的檢查功夫，便說：「**聽聲音**，下面並沒有通道。」

齊白「嗯」了一聲，又從他的工具伸出了兩枝細長的**金屬桿**來，然後用手作尺，在圓形的底部量度着，一面抬頭，向拉住了鐵鏈、神情緊張的班登望了一眼，班登說：「**太極圖的兩點**。」

這時齊白的工具當作圓規來用，先找到了圓心，再用半徑的一半當半徑，畫了一個圓圈，金屬桿的末端十分尖銳，在鐵板上劃出了淺淺的痕迹。

局長的雙手攀住了鐵鏈，疑惑地問：「你在幹什麼？」

齊白在忙着，班登代他答：「他在找一個秘道的入口處。我遠祖留下的資料說，圓管的底部，其實是一個無形的太極圖，而太極圖上的黑、白兩點，就是**解開秘密的樞紐**。」

齊白把圓圈畫好了，說：「那兩點必定在這個圓周之上，因為太極圖那兩點的位置是在半徑的一半上面，現在我就把這兩點找出來。」

他一面説，一面把金屬桿尖鋭的一端，用力按在畫出來的那個圓圈的圓周之上，**全神貫注**，緩緩移動。

齊白的動作十分緩慢，突然之間，他停止不動，臉上顯現**驚喜的神色**；然後，他用力把金屬桿向下壓了一下，只聽到「**拍**」的一聲，向下壓去的金屬桿被彈回來，同時，有一截**短鐵棒**從地板那個位置彈了出來，約有一掌高，手指粗細。

看到了這樣出乎意料的變化，局長驚訝得目瞪口呆，而班登則發出了一聲**歡呼**。

溫寶裕、胡説、良辰、美景、白素和我六個人正全神貫注地聽着齊白敘述這個故事，可是當情節來到如此緊張的關頭時，齊白卻忽然打住，大賣關子道：「**你們猜猜**，這個機關是怎麼操作的？保證你們猜不到。」

我們大表不滿，紛紛喝倒采，我更是老實不客氣地痛斥他：「既然你保證我們猜不到，那還叫我們猜什麼？趕快說下去吧！」

「你們就猜猜嘛，看看你們的頭腦能不能與**盜墓**

天才相比。哈哈。」齊白沾沾自喜。

看來我們不瞎猜一下，好好滿足他的**虛榮心**，他是不願意說下去的，所以我們只好屈服，胡說先猜道：「握住那截短鐵棒，像杯蓋一樣，把管子底部的鐵板揭起，財寶就藏在底下？」

齊白晃動着食指說：「錯。」

溫寶裕接着猜：「那截短鐵棒其實就是螺絲釘，只要把兩根螺絲釘都起出來，底部的鐵板就自然能打開了。」

「起螺絲釘哪裏算是機關？**完全猜錯**。」齊白語氣帶點輕浮。

溫寶裕**不忿**道：「操作的方法肯定記載在班登那份資料中，我們什麼都不知道，怎麼猜啊！」

「好吧，我給你們一點提示。」齊白說：「沒

錯，班登那份資料，記載了操作機關的方法，但那只是一大堆莫名其妙的句子而已。不過，憑着我的聰明才智，在事前，我已經把那堆句子破解成密碼，而第一句**密碼**就是『左十二』。」

齊白說了這麼大的提示，良辰美景立刻搶着答：「我知道了！這是密碼鎖，『**左十二**』就是按十二下左邊的短鐵棒，如果下一句是『**右三**』，那麼就接着按右邊的短鐵棒三下。對不對？」

但齊白還未回答，良辰美景兩人又疑惑着：「可是怎麼知道哪個是左，哪個是右？」

這時候，我和白素互望了一眼，顯然她和我一樣都想到了，我們正想開口之際，齊白卻留意到

我們的神情，知道我們已猜到，竟急忙地搶先説：「看來你們的智商是猜不到的了，還是讓我來揭曉，繼續説下去吧。」

他不給我和白素開口的機會，匆匆敘述下去。

太極圖中的兩點，齊白找到了其中一點之後，要找另外

一點就易如反掌了，自然就在圓周上**遙遙相對**，距離最遠的一點。而果然，用金屬桿壓下去後，那裏同樣有一根短鐵棒**彈了起來**。

局長驚詫地問：「接下來怎麼做？」

「先向左轉，十二度。」班登說着已跳了下來，和齊白一人抓住一支短鐵棒，雙腳蹬在管壁上借力推動，管子底部的圓鐵板隨即發出刺耳的聲響，並且開始緩緩地**轉動**起來。

剎那間，圓管裏的三個人，心中都興奮得難以形容。

第十四章

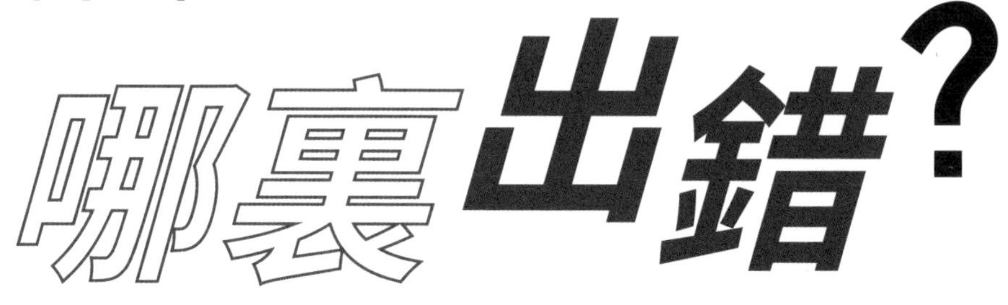

齊白和班登合力將圓鐵板向左轉動時，轉動了沒有多久，便響起了「**得**」的一聲，接着繼續轉動了同樣的弧度，又是「**得**」的一聲。

同樣的情形出現了三次之後，齊白和班登都明白了，一下聲響代表着一度。

而第一句密碼中的「十二」，並非按西洋幾何學上的分法，而是**中國傳統的分法**，將一個圓周分為三十六度，所以「十二」所指的十二度，就是三分一個圓周了。

兩人將圓鐵板轉了十二度後，班登再說：「向右，轉回三度。」

這時齊白的心情輕鬆了不少，打趣道：「只盼你沒有記錯密碼，不然誤觸了**防盜機關**就麻煩了。」

「怎麼可能記錯！」班登說得十分堅定。

齊白笑了笑，他自己也清楚知道，那串密碼他和班登都背得**滾瓜爛熟**，倒背如流。反是局長不知就裏，被他們嚇得膽顫心驚。

圓鐵板在轉動了一次之後，再轉就沒有一開始時那樣困難，很快轉回三度，班登又念：「左轉九度。」

他不住地念着，與齊白一起轉動密碼，**忽左忽右**，轉得兩人身上的衣服全被汗水濕透，班登喘着氣說：「這設計……像是把這塊圓形大鐵板當成了**保險箱的密碼盤**。」

齊白也喘着氣附和：「可不是，轉完了之後，就會有通道出現。」

但班登有點猶豫，「資料上沒

有這麼說，只說：三十三天，天外有天，三十三轉，地下有地。」

齊白卻胸有成竹，「那就是了，上兩句是陪襯的話，下兩句才是密語，三十三轉，地下有地。」

沒多久，他們已把全部三十三句密碼都轉完了，三個人的目光立刻盯住了腳下的鐵板，可是鐵板卻**一點動靜也沒有**，和未轉動之前沒有兩樣，也和局長自己一人探索時差不多，只不過多了兩支短鐵棒冒出來而已。

等了幾分鐘，依然如此，三人不禁**發起急**來，可是又不敢再胡亂轉動。齊白嘗試去按動那兩支短鐵棒，發現鐵棒彈了起來之後，就再也按不下去。

局長着急地問：「**這是怎麼回事？**」

齊白也弄不清楚，向班登望去，班登也發了急，「那三十三句密碼，我是絕對背熟了的，一點也不會錯。」

齊白點點頭，他自己也背熟了那些文字，説：「那四句話也沒有錯，『地下有地』顯然是指鐵板下**另有乾坤**。」

局長惱怒起來，「那怎麼——」

局長的話還未説完，齊白和班登兩人卻互望了一眼，好像想通了什麼似的，突然「哈哈」大笑。

當故事敘述到這個緊張關頭時，齊白故技重施，**又賣起關子來**，問我們：「你們知道毛病出在什麼地方嗎？」

我們都用怨恨的眼神睥睨着他。

「求求你，別在這種時候提無聊問題了。」溫寶裕近乎哀求地説。

齊白還是那一句：「看看你們誰的**頭腦**能比得上我和班登，我們也是當場想通了的。」

我和白素其實已經想到了，可是沒有説出來，因為我們

一試圖開口，齊白就會阻止，他只想大家猜錯，好突顯出他

的過人**智慧**。

溫寶裕敷衍地猜：「是班登記錯密碼吧。」

齊白搖頭道：「他沒有記錯。」

胡說回答得比較認真：「是不是把**左右調亂**了？到底哪一個方向是左轉，哪一個方向是右轉，可以有不同的理解。」

齊白又搖頭：「也不是這個原因。」

這時候，良辰美景忽然笑了起來，良辰說：「你們兩個人太興奮了。」

美景道：「**沒想到自己還站在鐵板上**。」

「這種機關，大都精巧之極。」

「上面站了兩個人，重百多公斤——」然後兩人齊聲道：「那鐵板想動也動不了啦。」

她們兩人咕咕呱呱地說着，樣子又可愛，聲音又好聽。

只見齊白忽然呆住不懂反應，我和白素則忍不住哈哈大笑起來，因為良辰美景**猜中了**，我和白素想到的，也是這個原因。

齊白一心想炫耀自己的智慧，只防着我和白素説出答案，卻冷不防眼前一對**雙生少女**，竟然這麼快就猜中，大大出乎他的意料。

或許因為良辰美景實在太討人喜歡了，齊白心裏不但沒有不高興，還對她們**另眼相看**，誇讚她們聰明伶俐，甚有他年輕時的風範。

我不禁佩服齊白這個人，任何情況之下都能自吹自擂。

在溫寶裕和胡説的催促下，齊白深吸了一口氣，又繼續把故事敘述下去。

那時局長還不明白班登和齊白為何哈哈大笑，只見兩人忽然爭先恐後地**攀上鐵鏈**，離開了圓管的底部，他們的腳才一離開圓鐵板，**變化**就立刻發生。

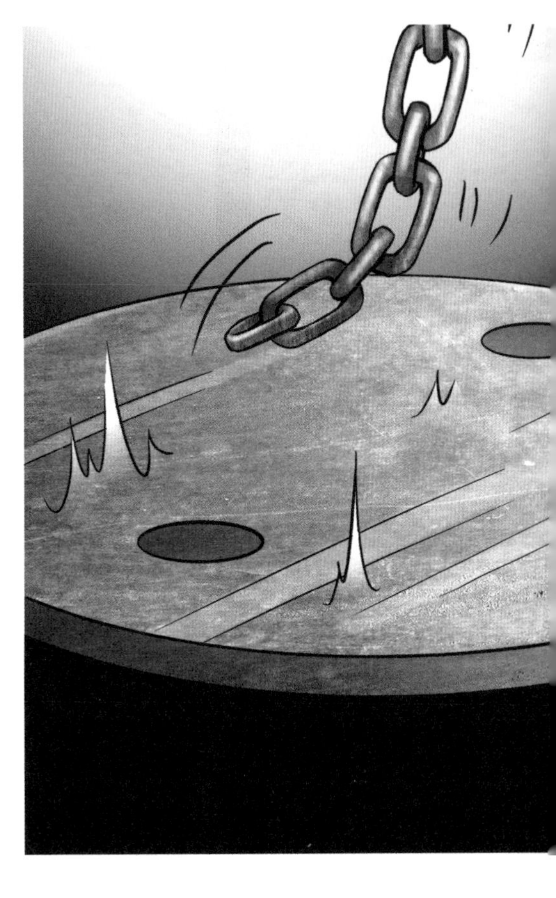

那圓管底部的鐵板緩緩升起，大約升高了五十公分左右，三人正想歡呼之際，口倒是張大了，可是**歡呼聲**卻變成了**驚呼聲**。

因為他們聽到圓鐵板之下有**異樣的聲音**，而經驗豐富的齊白很快就分辨出那是極其洶湧的水聲。水 不知道是從哪裏湧出來的，急驟無比，自那塊升起了的圓鐵板下，直冒了出來，像是噴泉一樣，一下子就漲到了半個人高，把在最下面的班登的小腿淹沒了。

班登驚叫起來，局長也驚呼，齊白立即喊叫：「快！快向上攀！」

在最上面的是局長，他手足並用，拚命**向上攀去**，鐵鏈相當粗，環和環之間，可供手拉腳踏，並沒有什麼大困難。

他們三個人都身壯力健，向上攀去的速度，自然也十分快。

可是，水湧上來的速度也快絕，班登雖然不斷向上攀着，但小腿一直未能擺脱浸在水中。速漲的水，就像一頭怪物，咬着班登不肯放。

班登一路驚呼，在攀上大約二十公尺之後，水漲得更快，這時，整個圓管，就像一個**極深的井**。

班登吼叫：「***快一點！我要沒頂了！***」

最後，班登僥倖未有沒頂，在離出口處大約還有半公尺

時，水的漲勢就突然停止了，那時，水已經浸到了班登的下巴，離沒頂也沒有多少了。

局長首先從樹洞中鑽了出去，然後是齊白，月色之下，兩人面色煞白，等了一會，還未見班登出來，齊白向着樹洞大叫：「你還在嗎？」

「在，在。」這時班登才喘着氣，全身濕漉漉地爬了上來，三人之中，自然以他最為狼狽。

班登自樹洞滾了出來，蜷縮着身體，好一會才慢慢把身子伸直，面色慘白。

「發生了什麼事？」局長心情複雜，語氣夾雜着憤怒、沮喪和驚恐。

齊白苦笑道：「我們用極快的方法，造了一口深井。」

「開什麼玩笑！到底什麼地方出了差錯？」局長怒道。

齊白顯然也有同樣的疑問，向班登望去，班登搖頭道：

「我也不知道出了什麼差錯。」

聽到這裏，我已經有預感，齊白將會又**賣關子**，叫我們猜猜到底哪裏出了差錯。

這次我決定先發制人，快一步問他：「對了，說了那麼久，你還未提及這位怪醫生怎麼會和你扯上關係。他是整個事件的***關鍵***，先說說你們是怎麼認識的吧。」

第十五章

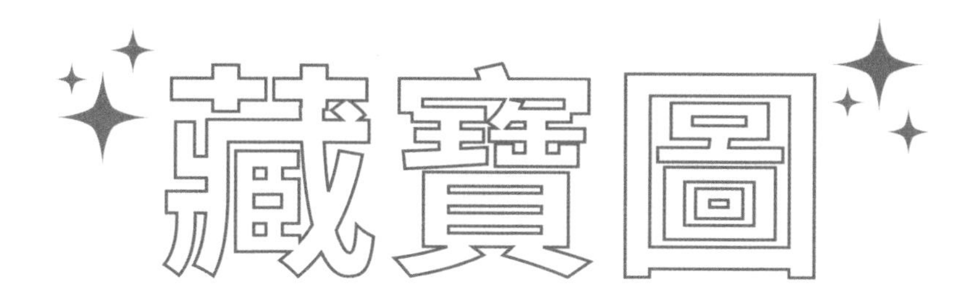

齊白行蹤飄忽是出了名的，班登醫生要找他，足足花了兩年時間，利用種種關係，通過各種途徑，終於在瑞士一個不知名的小湖邊，見到了偉大的盜墓專家齊白。當時是黃昏時分，**夕陽西下**，湖面上閃起一片耀目的霞光，齊白正懶洋洋地向湖面拋出一塊塊麵包，引得水鳥爭相飛撲。

班登不敢怠慢，戰戰兢兢地走上前，冒昧地開口：「聽説閣下對一切古墓都有興趣？」

齊白不置可否，甚至沒看一眼班登，只是反問：「你知道哪個古墓？」

班登猶豫了一下，才說：「不是古墓，而是——」

齊白一聽到他說不是古墓，立即站起準備離開，沒興趣聽下去。

班登連忙說：「那是一處……必須通過重重秘密通道才能到達，收藏了重要東西的地方，那應該叫什麼？」

齊白聽到班登這樣形容，又止住了腳步，回過身來，望着班登醫生，和他握了一下手，「那要看它收藏的重要東西是什麼，如果是屍體，那當然是一座秘密的墓地，如果不是——」

班登已急不及待，開門見山說：「那是一個傳說中的巨大寶藏。」

齊白冷笑了一下，表示出他對那些魚目混珠、真假難分的寶藏傳說感到厭倦。

但班登急急地講解：「那寶藏和中國近代史上一個興起

快、覆亡也快的造反行動有關。」

「你說**太平天國**？」齊白揚了一下眉。

班登點頭，齊白隨即笑了起來，「你是歐洲人？一定是你的祖先，曾在那個時期到過中國大清帝國，不但弄了一些中國古董回去，也弄了一個藏寶傳說回去，是不是？」

齊白的話明顯是**譏諷**，但班登沉住氣說：「對，我的一位遠祖在那個動亂時代到過中國，參與了許多事。如今我來找你，就是因為我看到了他留下來的一份資料。」

齊白隨即打了一個**呵欠**，「太平

天國的藏寶傳說，我可以隨便提供三千六百多個。」

「全是在**天王府**中？」

班登這樣一問，齊白登時怔了一怔，直視着班登，「天王府的藏寶傳說，只有一個，據說珍寶數量之多，達到了驚人地步，但自從太平天國失敗後，不知有多少人搜尋過，都一無所得，有可能只是虛傳。」

但班登語氣堅定，「那是因為藏寶處實在太**隱秘**，而我得到的資料是——」

齊白感覺到班登所掌握的資料非比尋常，立即指着湖邊不遠處的一幢小屋子說：「廢話少說，我就住在那裏，把你的原始資料帶來給我看看。」

班登十分愉快，第二天，他帶着遠祖的**日記**、一張平面圖和若干別的圖片，去那小屋子見齊白。

平面圖畫得十分潦草，可是一攤開來，齊白就「啊」

地一聲道：「毫無疑問，令祖是到過天王府的。看，這是外城 **太陽城**，這一排圓點代表旗桿，這是牌樓、鐘鼓樓、天文殿、下馬坊、御河、朝房。再過去是內城、金龍城、金龍殿、穿堂二殿、三殿……」

齊白**如數家珍**般指着那畫得十分潦草的草圖，一口氣説下來，班登呆望着他，大感佩服。

看到班登驚訝的神情，齊白笑道：「凡是有類似傳說的地方，只要有可能的話，我都會研究一下，更要去**實地考察**一下，所以還記得些。」

「你太了不起了，我真是沒有找錯人，你曾去過？有沒有發現？」班登問。

齊白搖頭，「沒發現。後來我檢討，認為不應該從建築物的內部着手，秘密或許在建築物之外，例如花園裏。」

「為什麼？」

「一來是我的**直覺**；二來，這巨宅本來是清帝國兩江總督府舊宅擴建的，只怕玩不出什麼大花樣來。你的資料上怎麼說？」

班登連忙攤出一些圖片和文字來，「不是很詳細，但提到了花園和一根又粗又長的**圓鐵管**，算起來，那鐵管有五十公尺高，直徑大約是一公尺，秘密的入口處，是在那大圓管的盡頭。」

齊白一面看着資料，一面搖着頭，「如果真有這樣大的圓管，決不會叫人視而不見的。」

班登補充道：「還有，你看，資料中屢次提到大圓管裏有着垂直的粗大鐵鏈。」

齊白怔了一怔，「圓管是**垂直**的！」

班登點點頭，但又十分疑惑，「這樣的話，圓管必定是埋在地底，而且藏寶的地方至少深入地下五十公尺，但入口處在哪裏呢？」

齊白翻着資料，資料並沒有提及這一點。他憑經驗説：「可能性太多了，可以是一口枯井，可以是一座亭子的下面，也可以是平平無奇的一處草地之下，總之，在偌大的巨宅中，裏裏外外任何一個角落，都有可能。」

齊白忽然指了指資料的另一部分，問道：「這一連串口

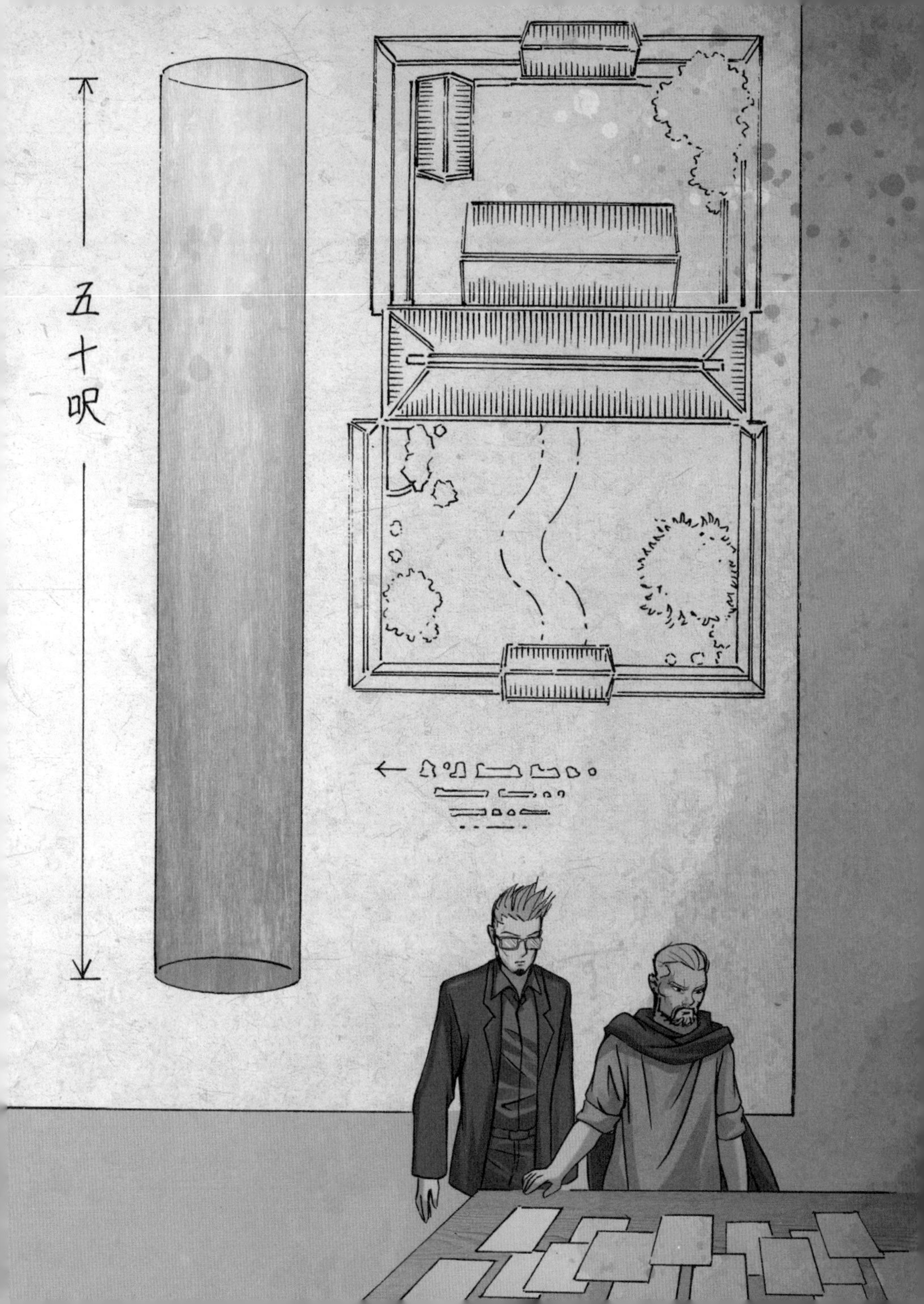
五十呎

訣一樣的密碼，你全都解出來了嗎？」

班登呆了一呆，詫異地反問：「原來這一大堆是密碼嗎？」

齊白笑了，「這些句子一句一行，有的靠向左邊，有的靠右，例如第一句『**地支數**』，就隱藏着『十二』這個密碼，句子靠向左邊，表示要左轉十二度，或者向左走十二步之類，總之就是『左邊、十二』的意思。又例如『竹林賢人』這一句，就是『七』；『子日：必有我師』就藏了一個『三』字。這些全都和中國民間傳說、文學作品、各種雜學等等有關。你不用擔心，我會幫你將它們全解出來。」

班登大喜過望，「看來，只要找到了那圓管，就一切順利了。資料說，圓管的底部是一個隱形的**太極圖**☯，而太極圖上面的兩點就是通往寶藏的關鍵。」

這時，齊白微笑着伸出手說：「$寶藏均分？」

班登爽快地答應，也伸出手，與他握手道：「合作愉

快。」

於是他們便出發尋寶去，到達目的地後，一連幾天在巨宅附近觀察，發覺一到午夜時分，花園裏的一株柳樹總是**搖搖晃晃**，還傳出了一下一下、斷斷續續的聲音，他們暗中窺看，發現一個人在用力砍着一株大柳樹。

他們認出此人正是巨宅的新主人——尊貴的國家情報局局長。局長神神秘秘，深夜親自砍樹，當中自然大有文章。兩人一連幾天偷看，等到局長砍出了一個像大門一樣的洞，鑽身進去時，他們兩人便恍然大悟了，那大圓管的入口處，原來就在這棵大柳樹的**空心樹幹**中。

後來，他們便透過那場**酒會**接觸局長，提出一起合作尋寶的要求。本來一切順利，他們依照着班登遠祖遺留下來的資料，成功啟動了圓管底部的機關；卻不料地底忽然急流湧現，圓管內一下子灌滿了水，什麼寶藏都成**泡影**了。

一定有地方出了差錯。

可是差錯出在什麼地方呢？

他們三個人沉默了一陣子，局長忽然下定決心說：「我們潛水下去，說不定會有發現的！」

齊白立刻附和：「好，我也是這麼想。裝備方面不用擔心，給我一些時間，我把現今最先進、最精良的潛水設備弄來！」

局長和齊白都重新燃起了希望，可是當齊白忙着安排潛水設備的時候，班登卻意志消沉地對他說：「**我要退出了**。」

第十六章

退出

班登表示要退出，齊白感到無比驚訝，連忙問：「為什麼？」

班登嘆了一口氣，「太危險了，剛才我差點就掉命。」

齊白一聽就知道那是藉口，立刻說：「**謊話！**剛才雖然是有點驚險，但細想一下就知道，那根本不至於會危及我們的性命，我們總有辦法從這個樹洞逃出來的。」

班登卻搖了搖頭說：「這是僥倖，或者可能只是**第一重的警**

告，你永遠不知道，觸動下一重機關會有什麼後果，可能不只是灌水那麼簡單了。」

齊白悶哼了一聲，總覺得班登的解釋有點**牽強**。

不知道是否刻意轉移話題，班登忽然問：「你進入古墓，是不是會避免和**屍體**接觸的？」

齊白沒好氣，「你問這個幹什麼？難道你怕那圓管底下埋了許多屍體，所以不敢繼續嗎？」

班登吸了一口氣，有點吞吞吐吐，卻十分認真地問：「我其實想問……你有沒有進入過……埋葬太平天國主要人物的**墓穴**之中？」

齊白怔了一怔，搖頭道：「沒有，太平天國主要人物好像沒有一個有**好下場**的，他們經歷的時間太短，短得還來不及為他們自己建墳墓，就已經在**歷史舞台**上消失了。」

班登又吸了一口氣，問了一個更怪的問題：「那樣說來，要看到他們的遺體，是沒有可能的事了？」

齊白訝異莫名，「**你要看那些遺體幹嗎？**」

班登神態更異，急速喘着氣，「別問我為什麼，回答我的問題。」

齊白想了一想，「怕是沒有可能了，那些人有的死在刑場上，有的死在戰場上，有的死於自相殘殺，有的根本**下落不明**。」

「那麼，他們是什麼樣子的，也無從知道了。」班登**喃喃自語**，他在這個問題上有着一種鍥而不捨的興趣，接着又說：「太平天國的領袖，都禁止人家替他們畫像，所

以，他們根本沒有肖像留下來，甚至在許多壁畫中，也是一律沒有人像的。」

齊白有點疑惑，「好像有『天王洪秀全肖像』這樣的畫。」

班登搖頭道：「那只是一些畫家的**偽託**，沒有確實的證據可以證明那是本人的寫生。」

「你老是問這些怪問題幹什麼？」齊白大感疑惑。

只見班登欲言又止，神色陰晴不定，最後嘆了一聲，「沒什麼，我畢竟是研究這方面的歷史學家，『**職業病**』而已……」

齊白從班登的神態中可以感到，班登一定有什麼重大的事在瞞着他，只是班登不願意説，他也沒有辦法。

班登忽然問：「聽説那位衛斯理是你的朋友，如果我想見他——」

未等班登說完，齊白已驚詫道：「**你找他幹什麼？**不會又是討論太平天國的問題嗎？」

班登尷尬地笑了一下。

齊白嘆了一口氣，「你直接去求見，就算打着我的招牌，他也不一定會見的。而且他行蹤飄忽，甚至可能根本不在地球上……這樣吧，我給你幾個人的聯絡方法，你和他們聯絡，靜候適當的時機，讓他們安排你和衛斯理碰面。我給你的建議是，要不經意地遇上他，話題要盡量勾起他的**好奇心**，這樣他才會願意和你討論下去。」

於是齊白把幾個人的聯絡方法給了班登，當中包括了那天晚上那個音樂演奏會的主人，我就是在那個音樂會第一次見到班登的。

班登離隊後，尋寶隊伍就只剩下齊白和局長兩人。

齊白準備好一切**潛水裝備**，與局長一起潛下那個圓管去。由於事先就考慮到圓管活動範圍不是太大，所以氧氣筒也特別準備了扁平的那一種。

潛進水底去探索古墓，對齊白來説並不是第一次了，他曾試過在河底潛行了將近一公里，才找到一座古墓的入口處。

但是像這樣，在一個完全上下垂直的**圓管子裏潛水**，倒是一次新鮮的經驗。

他在下面，局長在上面，

沿着鐵鏈，慢慢向下沉去，強力的水底照明燈能照射相當遠，可以看到水十分清澈，而這些不知由什麼地方湧進來的水，竟然還相當**溫暖**。

沒有多久，他們就沉到了圓管的底部，看到了那個圓形的鐵板。

上次由於變故發生得太突然，他們只看到鐵板升起，水已經像**噴泉**一樣噴了出來，根本未能看清楚詳細的情形。

直到現在，他們才看清，圓形鐵板的上升部分，其直徑只是底部的五分之三。也就是説，底部的直徑是一公尺，升起的圓形鐵板直徑只是六十公分左右，四周圍都有大量的**空隙**，所以水流才來得那麼急驟。

而那個外圍的空隙既然只有二十公分寬，自然也無法讓人鑽進去，他們兩人只好把照明工具盡量伸進去，側着頭，窺看下面的情況。

光線可以射出約莫三四公尺遠，在光線所及的範圍內，全是水，看來就像是一個奇大無比的**地下儲水庫**。

齊白既然是盜墓專家，對於各種地質形態自然也有一定研究，可是這種「地下水庫」，他卻也未曾遇過。

他和局長在水中打着手勢，局長指着升起來的圓鐵板，做了好幾個堅決要將其移去的手勢。的確，如果能將這塊升起來的圓鐵板弄走的話，他們就可以潛進那個「地下水庫」，繼續進行探索。

齊白取出他防水的手機，伸進隙縫之中，開了**閃光燈**拍照，把鐵板底下的情況拍下來。他們在照片中可見，鐵板底部連着兩根支柱和許多齒輪裝置，就是這種裝置令鐵板上升起來的。

齊白和局長**打着手勢**，示意先上去商量一下再說，於是兩人又一起拉着鐵鏈，到了地面上，從樹洞中鑽出來。

局長先開口：「毫無疑問，只要能通過去，

定在水底。」

齊白略想了一想，點點頭，「有可能，我們要想辦法把那鐵板弄走。」

局長比他堅決得多，完全不用考慮，就把心一橫説：

「***直接炸掉它***！」

第十七章

齊白心裏也盤算過，要把圓管底部的鐵板和那些齒輪機械裝置弄走，確實不是什麼難事，估計一次小爆炸就可以達到目的。但他擔心的是，爆炸會引起其他人注意，讓別人發現了寶藏的秘密，加入爭奪，而局長一早安排好把寶藏偷運出國的計劃也容易敗露。

「這樣穩妥嗎？不怕引起其他人的注意而壞了大事？」齊白問。

此時局長已是不到黃河心不死，自信滿滿地指了一下周圍，說：「水底爆炸，不會有很大的聲浪。這裏全由我控制，就算有點聲音，也不會有人來追究。我不是連續幾晚砍樹嗎？雖然我砍得很小心，但還是有聲響的，那又如何？有誰來干涉過？除了你和班登兩個不知好歹的傢伙！」

齊白笑了笑，又想了想，覺得局長的話也頗有道理，就算有點意外，以局長的官位，也一定能控制得了。可是齊白總覺得還有不妥當之處，但一時間又說不出問題在哪裏。

局長見齊白的神態有點猶豫，不耐煩地問：「你在想什麼？你不會使用炸藥？」

局長這樣問，簡直是對盜墓專家的一大侮辱，齊白使用炸藥的本領已到了出神入化的程度，他立刻說：「好，就用炸藥，你以為我不想發現寶藏嗎？」

齊白果然是這方面的專家，心中已計算好炸藥的份量，並且迅速準備好，然後帶着爆炸裝置，再潛下去，只花了二十分鐘，就一切佈置妥當，又爬出了樹洞，將**引爆裝置**交在局長的手中，示意局長只要按下**按鈕**，爆炸就會發生。

局長向按鈕伸出手來，心情難免有點緊張，手指在劇烈地發抖。

說到這緊張關頭，齊白的**老毛病**又來了，忽然停下，望向我們。

但看他的神色似乎不像故意賣關子，而是在慨嘆，好像發生了什麼不測的事。

我們的競猜遊戲又開始了，良辰美景十分機靈，善於鑒貌辨色，立即問：「又出了什麼**差錯**嗎？」

「聰明。」齊白**苦笑**了一下。

這時我忽然想起了一點，連忙問：「你說水從圓管的底部漫上來，一直蔓延到離圓管口多少才停止？」

齊白立刻以**佩服**的眼神望向我，我便知道自己已抓中問題的關鍵。

他答道：「大概……漫到離管口只有**半公尺**左右，水就停住了。」

我隨即嘆了一口氣，「齊白，你犯了一個**大錯誤**，你應該知道，水有維持水平的特性，它漲到那裏，就很可能表示，『地下水庫』的水位，也恰好在這個高度。」

聽了我的話，所有人都發出了一下「**啊**」的低呼聲，顯然他們也明白差錯出在哪兒了。溫寶裕補充道：「圓管子會起『**毛細管作用**』，事實上，『地下水庫』的水位可能略低一些，低二十公分左右。」

良辰美景瞪大了眼睛，「換句話說，在那一帶的地面，厚度可能不到一公尺，一公尺以下就是地下水。那一帶的地面簡直是一層薄殼，要是一不小心，弄破了這層薄殼——」她們講到這裏，住口不言，用一種相當古怪的神情望着齊白。

齊白嘆了一口氣，「在局長發抖的手指將按未按之際，我才想到了這一點——」

他想到，地下水像是一個大水庫，爆炸在水中會形成一股向外膨脹的力道，如果地面不夠厚，就會因為抵受不住巨大的水壓衝擊而崩裂。

他想揚聲制止時，已經來不及了，局長的手指剛好按下了引爆掣。

在水底發生的爆炸，幾乎沒有任何聲響，只是在突然之間，那株大柳樹的樹幹中，冒出一股水柱。大柳樹突然傾斜，接着，齊白感到自己站立的地方正在迅速發軟。

齊白由於長期在地底活動，對於各種災變有異乎尋常的觸覺，他立時大叫起來：「跟着我跑，快！」他一面叫，一面拔足狂奔。

局長先是呆了一呆，可是在一呆之間，眼前的大柳樹已經有一半陷進了地底，而且他感到地面在動，站立不穩，才慌忙跟着齊白逃跑。

他們兩人奔出了不到一百公尺，身後已傳來驚天動地的聲響，他們繼續向前跑，一直跑到了一幢建築物前，才停了下來。他們回頭看，看得目瞪口呆，只見地面大片大片塌陷下去，水花水柱亂濺，發出的聲響也十分驚人。一切歷時不到三分鐘，偌大的花園瞬間就變成了一個**大湖**。

那時，四面八方人聲鼎沸，「地震了」、「打仗了」的驚喊聲此起彼落，淒厲無比。齊白和局長兩人都驚訝得目瞪口呆，冒出了一身冷汗。

為怕惹禍上身，在嘈雜的人聲還未湧進園子來之前，齊白先説：「局長，我得離開了，我的所有設備免費送你，你可以把**潛水**當作業餘嗜好，一有空，就潛到湖底去，說不定可以發現寶藏的。」

局長雙手緊握着拳頭，樣子有點像**發了瘋的狗**。人潮開始從四方八面湧來，齊白不願多留半刻，立即轉身就走，漏夜離開此地。他、班登和局長三個人的聯合尋寶行動亦就此**結束**了。

齊白離開後，也有留意着事態發展，卻得不到任何消息，或許局長真的能把事情壓住了。

齊白決定去旅遊放鬆一下，不再想這件事，於是去了泰國，就在那時發了一封**@電郵**給我，要脅我提供盜墓目標，來換取他的奇異歷險故事。

他在泰國一邊散心，一邊等待下一個盜墓目標。某天參觀一座佛寺時，嚮導指着一座相當高大的佛像告訴他：「這佛像，以前是**純金**所造的，後來在戰亂中被人偷走，所以才重新塑了這座放上去。」

齊白自然不信這種傳言，只是笑了笑，他知道一般人對黃金的重量不是很有認識，所以才會有這種訛傳。這樣的一座佛像，若是純金，那會有好幾千噸重，誰能搬得走呢？

可是，這時候他忽然靈光一閃，想起了圓管尋寶那件事，剎那之間目瞪口呆，因為他想到了一個十分重要的關鍵問題，並且決定要立刻來找我。

就是這樣，行蹤飄忽的齊白竟然大駕光臨我的家裏，向我們講出了以上這段尋寶經歷。

第十八章

比金子更重要的$寶藏

齊白的敘述總算告一段落，這時候到他好奇地問：「到底班登這傢伙對你們做了些什麼，使你們這樣激動憤慨？」

我便從十個木乃伊變成了十一個講起，一直講到那怪東西被班登冒了「**原振俠**的朋友」之名弄走，期間自然少不了胡説、溫寶裕和良辰美景的插言，把那怪東西的恐怖醜惡，形容得繪影繪聲，聽得齊白也不由自主打了好幾次冷顫。

等到我們把經過講完，齊白不斷眨着眼，十分疑惑地說：「那個怪東西……**跟我和班登的尋寶行動有關？**」

這也是我們所有人心中的疑問，我直覺認為班登、怪東西、尋寶、太平天國等這些事應該全部都有關連，可是它們到底是怎樣連起來的，恐怕連**超級電腦**也未必能運算出來。

一時之間，眾人皆沉默，苦苦思索着這些事情的聯繫。齊白最先開口，有點不忿地說：「我有強烈被欺騙的感覺，總覺得班登找我去參加他的行動，目的並不是真的為了尋寶。」

我皺着眉道：「我認為尋寶是真的，只是『寶』的意義有許多種，不一定指金銀財寶，班登或許**另有所圖**。」

白素也同意我們的猜測，她循着這個方向分析道：「照他的行動來看，如果他另有所圖，應該**已達到目的**了。」

其餘四個小傢伙這時也齊聲叫了起來：「所以他拒絕再去潛水尋寶！」

分析推理到這裏，都十分順利，可是，班登究竟得到了什麼呢？

溫寶裕**語不驚人死不休**，大聲道：「他得到了那個『**怪物**』！」

齊白搖着頭，「不可能。整個過程我都和他在一起，你們説那怪東西和成人身體一樣大，他絕無可能得到了這樣一件東西而不讓我知道的。」

白素立即問：「如果體積不是那麼大呢？班登是不是有可能，得到了什麼小小的一件東西，是你不知道的？」

齊白想了一想，仍是搖頭，「每次下那圓管，我都和他在一起，他要是得到了什麼，**怎能瞞得過我？**」

但良辰美景忽然説：「有！有一個**機會**，他能得到東西，而你和那位局長都察覺不到的！」

齊白向她們兩人望去，大大不以為然。

良辰美景互望了一眼，一個説話，一個做着手勢，配合得**天衣無縫**地説：「就是在圓管底部突然有水湧出來的時候，你們三個人不是急忙拉着鐵鏈上去嗎？」

她們這樣一説，人人都發出了「**啊**」的一聲，我更説出重點：「那時，**班登是在最下面！**」

齊白也不禁點頭，「是，如果有什麼**東西**隨着水湧出來的話，班登最有機會得到它。」

良辰美景説：「對吧？水一湧出來，他已被水浸了一半，你們又急着向上攀，他在水中撈了一些東西在手，你們都不會察覺。」

胡説也覺得大有可能，「或許那東西隨着水湧出來，恰

好就浮到他的身邊，這樣除了**他**，別人真的難以察覺。」

大家一人一句推測着，愈來愈覺得可能性極大，齊白更「嗯嗯」地說：「對，當時他比我們遲了半分鐘才從樹洞中爬出來，爬出來之後，又把身子縮成一團，看起來真像在掩飾什麼！」

溫寶裕搶着做結論：「所以他沒有興趣再去第二次，因為他已經尋到『寶』了。」

但我還是有點想不通，「造一個五十公尺深的圓管，又挖空柳樹的樹幹，弄了一大堆機關、密碼，就為了藏着一件體積小得可以讓班登***隨身攜帶***的『寶物』？似乎有點難以想像。」

這時候，齊白居然露出了愉快的笑容說：「不止，不止。寶藏不止那麼一點點。」

「什麼意思？」大家都對他突然心情大好感到疑惑。

齊白笑道：「在泰國看到了那尊據說以前是純金的佛像之後，我突然想起圓管裏那條粗大的鐵鏈。」

我已經猜到他想說什麼了，不禁失聲道：「你懷疑那條鐵鏈——」

齊白點點頭，「對。這就是我來找你的原因，我懷疑寶藏一直遠在天邊，近在眼前，那條鐵鏈很可能是抹上塗層的純金！所以我這次要找一個更好的尋寶伙伴，即是你。」

他指住了我。

雖然這猜測有點**異想天開**，但細想之下也不無道理，那鐵鏈的作用是什麼呢？供人攀爬的話，也絕無需要弄得如此粗大，確實有點可疑。

就在齊白心情興奮之際，白素卻**一盤冷水**澆了下來：「我認為，那條鐵鏈如果真是純金所造的話，恐怕你難以再見到它了。」

「為什麼？被其他人捷足先登了嗎？」齊白緊張起來，「衛斯理，我們趕緊出發吧！」

白素解釋道：「你不是把圓管底部的鐵板**炸毀**了嗎？既然比黃金堅硬許多的金屬板也能炸毀，那條**純金鐵鏈**恐怕已被你炸得粉身碎骨。爆炸所造成的水壓衝擊力能使地面塌陷，這些**黃金碎片**不知道被沖到哪裏去了，說不定四散於湖底。」

本來興高采烈的齊白，頓時垂頭喪氣下來，問我：「衛斯理，那你要不要跟我淘金去？」

我苦笑道：「若果寶藏只是一條粗大的金鏈，管它有多重多貴，也不過是一條金鏈而已。你以為我衛斯理是個貪財的人嗎？我只對新奇的事物感興趣，例如班登所得到的東西。」

齊白此刻心情不好，遷怒於班登，一拳打在桌上，憤然道：「可惡的班登！他的祖上既然知道開啟管底

的密碼，應該也知道下面藏着什麼東西，可是他卻一直隱瞞着，沒向我提起過！」

我「嗯」了一聲，「我想他一定是知道的，而且那東西，一定有**極大的吸引力**，才會使他放棄當醫生，改去研究中國近代史。」

如今問題又繞回來了，班登得到的是什麼呢？

齊白冷笑道：「哼，我看，只有一樣東西能令他如此痴迷地追尋。」

「是什麼？」我們幾乎齊聲問。

「就是**太平天國首腦人物的屍體**！」齊白說。

我們紛紛喝倒采，因為我們都認為，班登如果獲得了「寶物」，那東西的體積不會太大，怎麼可能是屍體呢。

可是齊白的說法也不無道理，班登這個人，對太平天國的興趣已到達瘋狂的程度，尤其**鍥而不捨**想知道為什麼太平天國首腦不畫肖像。

齊白憤恨地說：「當務之急，是要把班登找出來，問個清楚。諒他帶了一個怪東西，也到不了哪裏去。」

我苦笑了一下，「他不必到哪裏去，就躲在本市，幾百萬人，你怎麼找？」

「把他引出來！」齊白說。

「拿什麼作『**餌**』？」良辰美景覺得這事情會很好玩。

齊白想了一想，笑道：「當然是他最感興趣的東西。」

第十九章

齊白沒有解釋他引蛇出洞的計劃是什麼，只拿出了一塊平板電腦，用觸控筆在上面畫起圖來。

我們只當齊白尋寶不成，導致一時神經失常，所以也暫時不管他，繼續討論班登的怪異行為。

胡說忽然說：「怎麼你們的注意力全去了那『寶物』身上？班登到底有沒有獲得寶物也成疑問，我們應該先集中討論確實知道的事。」

「例如呢？」良辰美景問。

「當然是那**木乃伊**啊！」胡說自然最關心在自己工作地方發現的怪東西。

白素贊同：「對，我們可以先想想那怪東西和太平天國有什麼關係。兩者都是班登很在意的東西，當中一定有特別的聯繫。」

「很簡單，那怪東西就是太平天國某位領袖的**屍體**，不管班登是從哪裏得來。」我純粹出於直觀，半帶開玩笑地說。

溫寶裕立刻反駁：「荒謬！屍體怎麼可能有生命？那怪東西會動的，像有**生命**一樣。」

我聳聳肩，繼續發揮想像力，「說不定他本來就未死，只是別人以為他死了，將他埋葬。」

「***更荒謬！***」胡說也忍不住開口反對：「那些領袖

如果還沒死，現在豈不是已經近二百歲？」

「二百歲算什麼？更誇張的我也遇過，說不定太平天國的那些領袖是外星人呢。」我說。

良辰美景禁不住皺眉，「但如果他們長成那個模樣，簡直就是妖魔鬼怪了，哪裏還能見人，哪裏還能公開活動？」

「那正好解釋了他們為什麼不准別人畫他們的圖像。」看見他們被我的想像力嚇得目瞪口呆、不知所措，我大感有趣，繼續自圓其說：「所以他們蓄長髮，長髮或多或少可以遮掩他們本來的面目。」

四個小傢伙已經被我嚇傻了，齊白依然不知道埋頭在畫些什麼，而白素則保持一貫的冷靜。

我正沾沾自喜之際，白素竟然加入戰團：「我也認同。而且那怪東西，很可能是班登在尋寶過程中獲得的。」

雖然白素是附和我，但也**嚇了我一跳**，因為剛才我的推論只有一半認真，一半是開玩笑逗他們四個小傢伙的，卻沒想到白素會完全附和。

溫寶裕的臉幾乎**扭曲**了，「怎麼又回到這個推論？不是說班登獲得的東西體積一定很小嗎？」

沒想到白素竟然這樣反問他：「你不是說那怪東西有生命嗎？**活物是會長大的。**」

聽了白素這番話，我頓時感覺到自己的想像力要敗下陣來了。

胡說有點失聲道：「大得那麼快？」

白素又反問：「你所謂的『**快**』，是什麼標準？是人的成長標準？你認為他是人嗎？」

胡說和溫寶裕都吞嚥着口水，樣子**駭然之極**。

而良辰美景近乎向白素求情：「白姐姐，你別學衛叔叔那樣嚇唬我們好不好。」

白素笑了笑，半帶安慰地說：「放心，我估計，怪東西那副噁心的模樣，只是暫時的，長大了之後會有所不同。」

「那是什麼意思？」他們四人齊聲問。

「你們忘記了嗎？**那怪東西像什麼？**」

白素一說這句話，我立刻甘拜下風了，白素的想像力比我還豐富，她說的話比我說的更嚇人。

「**蛹**！你說那是一隻**蛹**？」身為生物學家的胡說第一個叫起來。

白素點點頭，沉聲道：「你是生物學家，應該知道生命的奧妙。一些在古墓中找到的種子，隔了幾千年，只要一有生命發展的條件，立即又可以照着**遺傳因子密碼**所定的歷程生長，一絲不差。」

「如果那怪東西真是一隻蛹，那麼，牠完全成長之後，會變成什麼樣子？我可沒見過這麼大的昆蟲啊！」溫寶裕驚訝地張大了口。

我吸了一口氣，說：「我們不是用X光照射過嗎？牠形體有點像人，卻貌似有一對翼的結構。至於下肢……又和人不是太相像……」

胡說苦笑道：「我們看到的，不知道是早期還是後期，像脊椎動物的胚胎，雞、魚、人的初期胚胎看起來都差不多，發育到了後期，才各按遺傳密碼，現出不同的形態，等到出生之後，自然更大不相同了。」

「但那怪東西有一對翼，總是錯不了的吧。」我說。

胡說又搖頭：「也不一定，如果那只是牠的胚胎初期形態，這對翼有可能是退化了的一個器官，在X光透視時，我注意到翼的骨骼太細小，根本不能作飛行之用，所以在完全成長之後，翼或許不存在，可能退化萎縮，就像人的胎兒在初期會有尾巴，但出生之後，尾巴早已退化了。」

白素總結道：「也就是說，怪東西充分成長之後，**可以是任何樣子**，自然，也可以十分像人。」

這時候，溫寶裕正和良辰美景低聲討論着什麼，良辰美景忽然大聲笑道：「哈哈……你這個笑話太好笑了！」

溫寶裕漲紅了臉，連忙辯解：「**我是認真的**，不是開玩笑！」

但溫寶裕愈是這麼說，良辰美景就笑得愈厲害：「哈哈哈……」

「小寶到底說了什麼，逗得你們這麼開心？」白素微笑着問她們。

「剛剛你們說到什麼胚胎有翼、有尾巴的時候，小寶忽然認真地說：『**太平天國中就有一個翼王**。』」良辰美景還模仿着溫寶裕嚴肅的表情和語氣，立刻又忍不住大笑起來。

胡說倒是反應不大，只當是冷笑話，但我和白素聽了，卻如夢初醒般驚呆住了。

溫寶裕急着為自己辯護：「這有什麼好笑？石達開或許真的有一對翼，就像X光透視那怪東西時所見到的那樣，所以才被稱為翼王的。」

良辰美景看見我和白素怔住的樣子，漸漸也笑不出來了，**戰戰兢兢**地問：「白姐姐，難道你也覺得他說的是真的？」

這時胡說也認同道：「大有可能，像人的尾巴，早已退化得不存在了，但也有極少數的人，會有**返祖現象**，略剩一截短尾。」

「可是現在討論的是『**翼**』，人類的祖先不會有一雙翅膀吧？除非……」良辰美景的聲音愈來愈小，「**石達開根本……不是人？**太平天國的那些首腦……全是冒充人的妖怪？」

溫寶裕繼續為自己的說法護航：「他們能冒充人，自然外形和人相似，一雙翼早就退化，只是當中一兩個可能有**返祖現象**，殘留的痕迹多一些，人們看到了，就叫他『翼王』，我這個推論合情合理！」

我不禁吞嚥了一口口水，本來是我先開始發揮瘋狂想像力的，沒想到白素和溫寶裕他們相繼加入**推波助瀾**，經過一番討論後，我們竟然真的能把太平天國、那怪東西和班登獲得的「寶物」全聯繫起來了！

「你們**瞎猜**有什麼用？何不把班登引出來，直接問他？你們看！」一直在畫畫的齊白終於完成畫作了，抬起平板電腦給我們看。

原來他畫了一幅**肖像畫**，得意地說：「我立刻去登廣告，說有太平天國首腦人物的肖像畫出讓，讓班登上鈎。」

我們望着齊白的畫作，有一種十分熟悉的感覺，我看到了我的眼睛、溫寶裕的面型、胡說的鼻子、良辰美景的耳朵、白素的笑容；齊白根本就是把我們各人的特徵**胡亂拼湊**在一起，偽造成太平天國首腦人物的肖像。

我們一起對他側目之際，我家裏的電話竟突然響起。那時已經過了午夜，我拿起電話來，只是「**喂**」了一聲，就聽到了班登的聲音：「**告訴齊白，我不會那麼容易上當。**」

第二十章

改變密碼

齊白才剛說出引班登上鈎的計劃，我就立刻收到班登來電說自己不會上當。這表示，我們在這裏說的話，他全聽到了，這是怎麼一回事？

我打開電話的揚聲器，讓其他人也聽到他的聲音，然後我十分不客氣地說：「班登先生，你似乎習慣了鬼頭鬼腦行事，這和你的君子形象不太配合。毫無疑問，你上次來我住所時，趁機在我家中安裝了偷聽器。」

我一叫出「班登先生」，所有人都怔住。而電話另一端的班登，苦澀地嘆了一聲說：「是的……我承認我的行為不

夠**光明正大**——」

我毫不客氣，「哼」地一聲，打斷了他的話頭：「從你欺瞞齊白開始，你沒有一個行為是光明正大的，豈止不夠而已！」

白素向我作了一個**手勢**，示意我盡量讓班登說話，此時班登又嘆了一聲：「我有不得已的**苦衷**，因為我所探索的秘密，實在太駭人聽聞了。但我要向各位致敬，你們的推論已經十分接近事實，而我正等待着……結果。」

齊白大聲說：「那還有什麼結果？結果就是我們全都被你欺騙和玩弄了！」

此時白素終於開口：「班登先生，你想把那『**怪東西**』

培育出來，看看牠完全成長之後，究竟是什麼樣子？」

通過電話的揚聲器，可以清楚聽到班登的喘息聲。白素不等他回答就接着說：「我勸你千萬別那麼做，因為你絕不知道你培育出來的，會是什麼樣的……**妖怪**。」

電話中又聽到班登的呼吸聲：「閣下一定是衛夫人了，那照你的意見，應該怎樣處置？總不能把那東西拋進焚化爐去吧？他畢竟是一個**生命**，而且還可能是一個十分高級的生命，我相信有幾個這樣的生命，在一百多年前，曾經做出過天翻地覆的**大事**來。」

齊白冷笑道：「哼，那麼你把牠培育出來之後，世界豈不是又要來一次**翻天覆地**？」

還是白素情緒最穩定，沉聲說：「我相信那東西不是天然成長，而是你根據了什麼方法**增育**到如今這個狀態的，對不對？」

我有點驚訝白素何以這樣肯定，而班登亦驚愕地問：「衛夫人，你……究竟知道了多少？」

白素沒有回答，只是繼續追問：「增育的方法，在令祖的資料之中，還是在那圓管之下？」

班登已經完全說不出話了。我們都知道，白素那樣說，全屬推測，但從班登的反應可知，她的推測**十分準確**，良辰美景更是神情佩服地望着白素。

白素十分誠懇地說：「我相信你和我們一樣，對這件事仍有不少困惑的地方，何不過來一下，人多好議事？」

班登沒有回答，靜默了十來秒，電話便掛掉。

溫寶裕和胡說「**啊**」地叫了一聲，但白素卻胸有成竹地說：「他會來的，而且，很快就會來。」

等了沒多久，門鈴聲便響起，溫寶裕立刻衝去開門，進來的人果然是班登，他向我們每一個人鞠躬致歉，然後伸手在茶几下取出了一個超小型的竊聽器來。

我們當中以齊白最恨他，他望向齊白，吸了一口氣，誠心把事情交代清楚：「那天，圓管下面突然有水湧出來，我恰好在最下面，而這也是整件事中最湊巧的**關鍵**，當時我雖然慌亂之極，卻能覺察到有東西碰了我的小腿一下。」

「就是那怪東西？」溫寶裕連忙問。

班登卻搖頭，「我低頭一看，瞥見那是一個**小盒子**

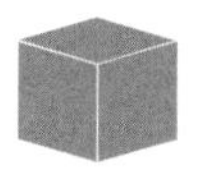

，便伸手抓到手中，那是一個完全密封的黃金小盒子，我立時知道，那就是我要找的東西了。」

「你瞞得我好。」齊白仍然懷着怨恨。

班登又向他鞠躬，「真抱歉，沒有發現財寶，我原打算發現金銀財寶後，把我的一份也給你，作為謝罪的。」

這時我着急了，連忙道：「別談錢了，我們都相信，你獲得的東西一定比錢更珍貴，快說說那**小盒子**到底是什麼一回事吧。」

班登沒有直接回答，想了一想，好像要整理一下該從何說起，然後說：「我遠祖留下來的那批資料，最初吸引我的，自然是寶藏；但資料中有一部分，卻用了十分隱晦的筆法，記述着一些不可思議的事。我花了不少工夫去理解當中的內容，裏面提到有幾個主要的人物，全都經過遺傳密碼變更手術，變成了你們口中所說的……妖怪。」

我們都大吃一驚，異口同聲問：「什麼意思？」

班登深深吸了一口氣，「有人為幾個最初形成的胚胎，進行了遺傳密碼的變更手術。手術後，那幾個人類胚胎便按照着新的遺傳密碼發育成長，變得與人類有所不同……」

當他講到這裏的時候，我想起了那怪東西的醜惡，不由得打了一個冷顫。

「我是專門研究遺傳學的，各位想一想，我看到了這樣的資料，豈能不發狂？記載又說，改變了遺傳密碼之後，循新方式發育的那幾個人，樣子和一般人有少許不同，智力卻比普通人高出許多倍，但先天性格上又有很大的**缺陷**……」

我連忙問：「資料中有沒有說明，是什麼人竟然能在二百年前，就進行這麼先進的**遺傳密碼改造實驗**？」

班登搖頭道：「沒有，資料上只說，密碼改變的秘密，藏在一個黃金小盒之中，被放在隱秘的地方，那地方同時有大量的寶藏。那黃金小盒完全密封，連那幾個……妖怪，也不知道盒子裏是什麼，而將之當作是他們『**受命於天**』的一個象徵物。」

各人聽得目瞪口呆，胡說叫道：「天啊，你得到的不是什麼怪東西，而是**製造怪東西的方法**？」

班登點了點頭。

一時之間又靜了下來，事情很明顯，當日班登退出後，就利用這種改變遺傳密碼的方法，施行在一個胚胎上，那很可能是一個**人工受精卵**。結果，就培育出我們看到的那個怪東西了。

他自然詳細研究過那東西的外形，心裏不認為這樣的妖怪可以在中國近代歷史上有那樣的地位，因此充滿疑惑，想找我共同研究，但又不想洩漏他背後的**瘋狂實驗**，所以言而不盡，老是問起太平天國首腦人物的肖像問題，使人感到莫名其妙。

大家呆了半晌之後，班登才說：「衛夫人說得對，那東西仍在成長，外形還會改變，有可能變得十分接近普通人。」

他又望向溫寶裕，說：「你對『翼王』這個稱呼的聯想，真是把想像力發揮到極致了。」

溫寶裕紅着臉說：「那……不算什麼，我本來就喜歡**胡思亂想**。」

「你還打算繼續培育牠？」我問班登。

班登的神情十分遲疑，「**那是一條生命**，騎虎難下了。」

我們明白他的處境，我想了一想，勸道：「你不宜獨力處理這件事，為免後患無窮，我建議你去**勒曼醫院**，借助那裏的技術和設施繼續研究，你不是也曾經在那裏工

作過嗎？」

勒曼醫院是一個極先進的神秘醫學組織，班登點了點頭，卻慨嘆道：「我正有此打算，可是勒曼醫院……已不知搬到哪裏去了。」

我嘆了一聲，告訴他：「我的一個朋友告訴我，勒曼醫院如今在**格陵蘭的冰層之下**，你可以先到丹麥去，試圖和他們接觸。」

班登立時現出一副**大喜過望**的神情來，連忙向我握手道謝。

事件總算真相大白。班登離開後，遺下了兩個問題。

第一，在將近兩百年前，就已經能掌握改變遺傳因子密碼技術，還成功做了實驗的，**到底是些什麼人？**

這個問題沒有答案，因為班登遠祖留下來的原始資料全無提及。

另一問題是：那怪東西發育完成後，**將會變成什麼樣子？**太平天國那些首腦人物也是那個樣子嗎？

這個問題暫時未有答案，因為據班登後來說，那東西在進入了「**蛹**」的狀態後，生長速度慢得驚人，可能要再過**幾十年**才能充分成長。

除了以上兩個問題之外，我自己還面對第三個問題，就是自此之後，良辰美景把我的住所當成了她們自己的家一樣，愛來就來，要走就走，還得到了白素的**縱容**。你們說，這是不是一個問題呢？（完）

案件調查輔助檔案

炙手可熱

而且它現在的主人，也是一名大官，是此地的國家情報局局長，權勢甚大，**炙手可熱**。

意思：比喻地位尊貴，勢燄熾盛。

處心積慮

他**處心積慮**地作準備，已經策劃好，一旦發現了巨宅中的寶藏，會在二十四小時之內，利用他的職權，神不知鬼不覺地帶着寶藏離開。

意思：千方百慮，蓄意已久。

淋漓盡致

興奮使他的體力發揮到**淋漓盡致**，每一斧砍下去，發出激盪人心的聲音。

意思：暢達詳盡。

風馬牛不相及

這次相聚可說是世上最奇怪的一次聚會，因為三個人的身分天差地別，**風馬牛不相及**，他們分別是：巨宅主人——此地的情報局局長、齊白——公認的盜墓專家、班登——本來是醫生，現在是歷史學家。

意思：比喻事物之間毫不相干。

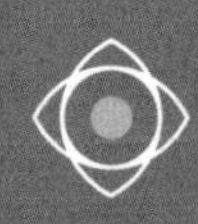

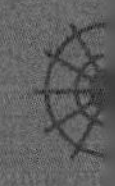

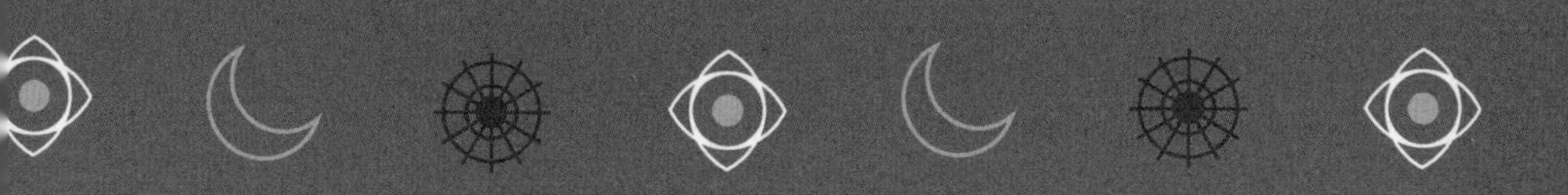

水到渠成

「局長先生，我敢保證，此事必須我們三個人合作，才能**水到渠成**。

意思：比喻事情條件完備則自然成功，不須強求。

胸有成竹

「別急。」班登**胸有成竹**地笑了笑。

意思：比喻處事有定見。

易如反掌

太極圖中的兩點，齊白找到了其中一點之後，要找另外一點就**易如反掌**了，自然就在圓周上遙遙相對，距離最遠的一點。

意思：比喻事情非常容易做到。

另眼相看

或許因為良辰美景實在太討人喜歡了，齊白心裏不但沒有不高興，還對她們**另眼相看**，誇讚她們聰明伶俐，甚有他年輕時的風範。

意思：以特別的眼光或態度相待，以示重視或歧視。

自吹自擂

我不禁佩服齊白這個人，任何情況之下都能**自吹自擂**。

意思：比喻自我宣傳、吹噓。

鑒貌辨色

我們的競猜遊戲又開始了，良辰美景十分機靈，善於**鑒貌辨色**，立即問：「又出了什麼差錯嗎？」

意思：觀察人的臉色而隨機行事。

故技重施

當故事敘述到這個緊張關頭時，齊白**故技重施**，又賣起關子來，問我們：「你們知道毛病出在什麼地方嗎？」

意思：再次耍弄老方法、老手段。

睥睨

我們都用怨恨的眼神**睥睨**着他。

意思：斜着眼睛看人，表示傲然輕視或不服氣的意思。

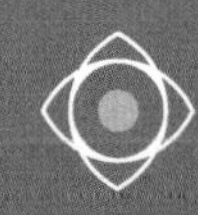

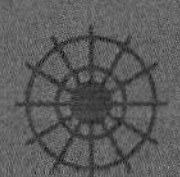
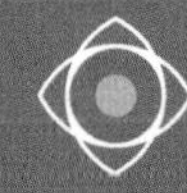

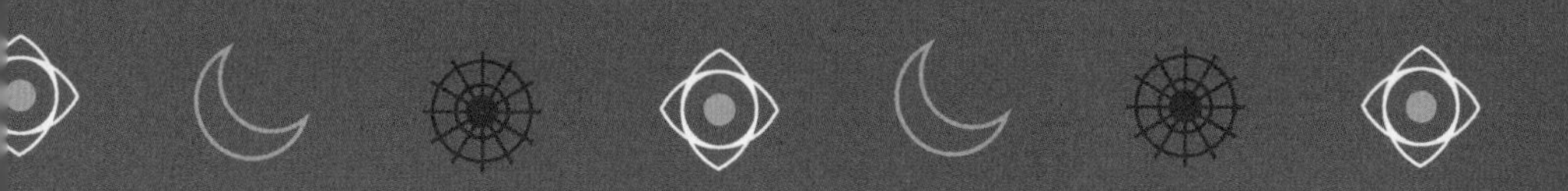

先發制人

這次我決定**先發制人**，快一步問他：「對了，說了那麼久，你還未提及這位怪醫生怎麼會和你扯上關係。他是整個事件的關鍵，先說說你們是怎麼認識的吧。」

意思：凡事先下手取得主動權而制伏對方。

魚目混珠

齊白冷笑了一下，表示出他對那些**魚目混珠**、真假難分的寶藏傳說感到厭倦。

意思：比喻以假亂真。

如數家珍

齊白**如數家珍**般指着那畫得十分潦草的草圖，一口氣說下來，班登呆望着他，大感佩服。

意思：比喻敘述事物明晰熟練。

此起彼落

那時，四面八方人聲鼎沸，「地震了」、「打仗了」的驚喊聲**此起彼落**，淒厲無比。

意思：形容連續不斷。

繪影繪聲

我便從十個木乃伊變成了十一個講起，一直講到那怪東西被班登冒了「原振俠的朋友」之名弄走，期間自然少不了胡說、溫寶裕和良辰美景的插言，把那怪東西的恐怖醜惡，形容得**繪影繪聲**，聽得齊白也不由自主打了好幾次冷顫。

意思：形容講述或描摹事物，十分深刻入微、生動逼真。

自圓其說

看見他們被我的想像力嚇得目瞪口呆、不知所措，我大感有趣，繼續**自圓其說**：「所以他們蓄長髮，長髮或多或少可以遮掩他們本來的面目。」

意思：自行解釋自己牽強矛盾的說法，使無破綻。

推波助瀾

我不禁吞嚥了一口口水，本來是我先開始發揮瘋狂想像力的，沒想到白素和溫寶裕他們相繼加入**推波助瀾**，經過一番討論後，我們竟然真的能把太平天國、那怪東西和班登獲得的「寶物」全聯繫起來了！

意思：比喻不能消弭事情，反而助長它。

如夢初醒

胡說倒是反應不大，只當是冷笑話，但我和白素聽了，卻**如夢初醒**般驚呆住了。

意思：比喻從糊塗、錯誤的認識中恍然大悟。

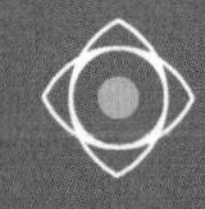

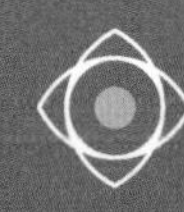

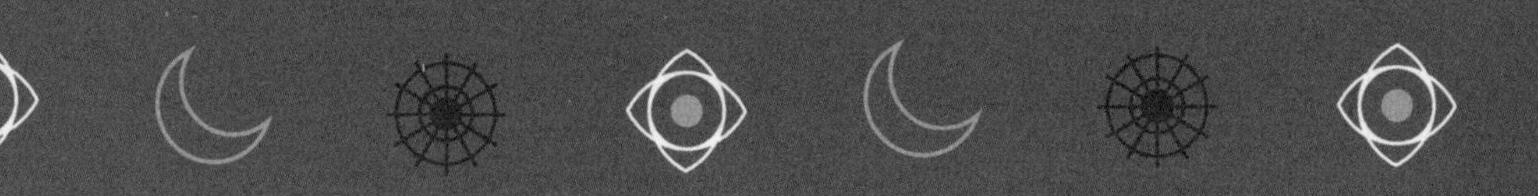

騎虎難下

班登的神情十分遲疑，「那是一條生命，**騎虎難下**了。」

意思：比喻事情迫於情勢，無法中止，只好繼續下去。

後患無窮

我們明白他的處境，我想了一想，勸道：「你不宜獨力處理這件事，為免**後患無窮**，我建議你去勒曼醫院，借助那裏繼續研究，你不是也曾經在那裡工作過嗎？」

意思：日後的禍患，將永無斷絕之日。

大喜過望

班登立時現出一副**大喜過望**的神情來，連忙向我握手道謝。

意思：因結果超過原本預期的，而顯得特別高興。

鬼頭鬼腦

我打開電話的揚聲器，讓其他人也聽到他的聲音，然後我十分不客氣地説：「班登先生，你似乎習慣了**鬼頭鬼腦**行事，這和你的君子形象不太配合。毫無疑問，你上次來我住所時，趁機在我家中安裝了偷聽器。」

意思：形容精靈狡猾或隱約躲閃的樣子。

衛斯理系列少年版 16

密碼 (下)

作　　者：衛斯理（倪匡）
文字整理：耿啟文
繪　　畫：鄺志德
助理出版經理：周詩韵
責任編輯：陳珈悠　朱寶儀
封面及美術設計：BeHi The Scene
出　　版：明窗出版社
發　　行：明報出版社有限公司
香港柴灣嘉業街 18 號
明報工業中心 A 座 15 樓
電　　話：2595 3215
傳　　真：2898 2646
網　　址：http://books.mingpao.com/
電子郵箱：mpp@mingpao.com
版　　次：二〇二一年二月初版
二〇二二年七月第二版
ISBN：978-988-8687-49-7
承　　印：美雅印刷製本有限公司